Louise

MARTINE AU PARC

★

Texte
de Gilbert DELAHAYE

Aquarelles
de Marcel MARLIER

Cet album reproduit l'édition originale parue en 1967.

http://www.casterman.com

Imprimé en Italie. Dépôt légal : octobre 2003 ; D.2003/0053/373.
Déposé au ministère de la Justice, Paris (loi n° 49956 du 16 juillet 1949 sur les publications destinées à la jeunesse).

ISBN 2-203-10206-3

Aujourd'hui, comme il fait beau, Martine vient jouer au parc avec ses petits amis.

— Bonjour, monsieur Julien, dit-elle au gardien.

— Bonjour, les enfants. Amusez-vous bien. Mais surtout n'abîmez pas les fleurs !

— C'est promis, monsieur Julien.

Et maintenant, courons dans le parc.

Là, ni métro, ni voitures, ni autobus.

C'est un endroit merveilleux. On se croirait vraiment à la campagne.

Les messieurs lisent le journal sur le banc. Les dames, en faisant tourner leurs ombrelles, bavardent. Un merle siffle dans le buisson. Le jardinier jardine, le peintre peint, le gazon gazonne, le marronnier donne des marrons et le rosier des roses.

Qu'est-ce qu'on entend ?... C'est l'eau de la cascade qui rebondit sur les pierres.

— Si on prenait un bain de pieds ? dit Martine.

— Venez voir, on est aussi haut que les arbres, crie un garçon en escaladant les rochers.

On grimpe, on glisse, on se bouscule, on s'assied au sommet de la cascade.

Drelin, drelin, drelin...

Ce sont les petits amis de Martine qui font une course de tricycles autour du kiosque à musique.

— Attention, fait une petite fille, voilà le peloton qui arrive.

— C'est François qui est le premier.

— Non, Bernard le dépasse!

Voilà deux futurs champions.

Dans l'étang, au milieu du parc, les poissons rouges ont l'air de jouer à cache-cache. Pardi, il faut bien qu'ils s'amusent!

— Tiens, celui-là bâille au soleil.

— Jetons-lui quelque chose.

— Moi j'ai un biscuit.

Le jardinier arrive avec sa tondeuse à gazon.

Quel vacarme!... Voilà tous les poissons partis!...

Martine est allée rejoindre ses amies sur le banc. La plus grande tricote pendant que sa petite sœur joue à la poupée :

— Comment s'appelle ta poupée.

— Elle s'appelle Caroline. Elle a un tablier à fleurs. Elle dit « maman ». Elle ferme les yeux quand on la met coucher.

— Tu as une jolie voiture, dit Martine. Quand ta poupée ne veut pas dormir, tu dois la promener pour qu'elle ne pleure plus.

Pendant ce temps, les garçons se sont réunis autour du grand bassin.

— Regarde mon nouveau voilier.

— Et ma vedette à moteur... Elle traverse le bassin sans jamais s'arrêter.

— Maman m'a acheté ce joli croiseur. Tu sais, je serai marin, c'est décidé depuis un quart d'heure. Et après, je serai capitaine de sous-marin.

Voilà sa majesté le cygne.

— C'est un oiseau des îles, pense Patapouf.

Et le cygne, à part soi :

— Encore un petit chien qui n'est pas attaché. Il se fera punir par le gardien.

Sur ce, il s'éloigne en secouant la tête.

Quant aux pigeons, rien ne leur fait peur.

— Bonjour, Patapouf.

— D'où viens-tu? Où vas-tu?

— Roucou par-ci, roucou par-là.

L'air est plein d'ailes. On dirait qu'il neige des pigeons.

Les pigeons sont partis. Que faire à présent?

— Eh bien, allons nous promener en barque.

— Comment ferons-nous pour avancer?

— Je sais bien ramer, dit un garçon.

Sur ce, on attache Patapouf. On saute dans la barque. On tire sur les rames.

— Sois bien sage, dit Martine à Patapouf. Nous allons revenir tout de suite.

— C'est ça, dit le garçon. Et après, nous ferons le tour du parc en voiture.

Connaissez-vous quelque chose de plus agréable que de faire le tour du parc en voiture?

— Hue, hue, dit Martine en tirant sur les guides.

— Hihan, hihan, fait le baudet.

Et les grelots attachés au collier du poney semblent appeler de loin les petits enfants :

— Venez vite, venez vite! La promenade recommence. Il y a de la place pour tout le monde...

Dans un coin du parc, se trouve le bac à sable. Là c'est la mer, les dunes, le far-west. On creuse, on fouille. On trouve les billes de verre que Jean-Pierre a oubliées, une forme à faire des pâtés, une pelle, un seau rouge avec, peints dessus, un clown, un singe en train de faire des cabrioles, des étoiles de mer, des tas de choses extraordinaires qu'on ne voit que sur les petits seaux du grand bac à sable où l'on s'amuse tant.

— Qui vient jouer avec moi?
— Où ça?
— Sur le toboggan, près du bac à sable.
Chacun court, grimpe, pousse le voisin.
Martine prend place sur le toboggan.
— Attention, Patapouf, j'arrive!
Pour sûr, on ne s'ennuie pas sur le toboggan!

Aux balançoires, on a bien du plaisir aussi :
— Monte avec nous, Martine.
— Assieds-toi là, Patapouf.
— Attendez, attendez, dit une petite fille.
— En avant, crient les garçons.

Tout le monde est installé sur la balançoire. On pousse avec les jambes, on tire avec les bras. Ça monte et ça descend comme sur un navire. Il fait bon se tenir. On a la tête qui tourne et, quand on ferme les yeux, on dirait que le cœur va s'envoler.

Le temps passe vite quand on s'amuse. Bientôt ce sera l'heure du guignol.

Et qui n'a pas encore été sur le manège? Vous savez celui qu'on pousse, et hop! il faut sauter dessus en marche. Qui n'a pas couru sur le tonneau à toute vitesse, et tout à coup il tourne plus vite que les jambes? Qui n'a pas grimpé à l'échelle de corde, aux anneaux et à l'échafaudage?

Mais il est cinq heures. Vite, la séance de guignol va commencer. Chacun accourt et prend place.

Il était temps! Trois coups : le rideau se lève.

— Bonjour, les amis.

— Bonjour, Guignol.

— On s'amuse bien?

— Oui, oui...

— Alors, puisque vous êtes sages, nous allons jouer pour vous « Le Facteur et le Fakir ».

La séance de guignol est terminée. C'est le soir. Le soleil commence à descendre derrière les arbres.

Pour lui faire une surprise, les parents de Martine sont venus la chercher au parc.

Mais avant de rentrer à la maison, tout le monde est allé se reposer sous les parasols, à la terrasse de la pâtisserie, pour y déguster des jus de fruits et de la crème à la vanille. Ainsi s'achève l'après-midi de Martine au parc. Un après-midi merveilleux.